[美]菲尔·斯通/著
[美]库尔特·维泽/绘
柯力/译
南来寒/主编

纽伯瑞儿童文学奖
获奖作品精选

5

汉克，这头鹿

南京大学出版社

图书在版编目(CIP)数据

汉克，这头鹿 / (美) 菲尔 · 斯通著；(美) 库尔特 · 维泽绘；柯力译. -- 南京：南京大学出版社, 2018.1（2018.3重印）
（纽伯瑞儿童文学奖获奖作品精选 / 南来寒主编）
ISBN 978-7-305-18501-4

Ⅰ. ①汉… Ⅱ. ①菲… ②库… ③柯… Ⅲ. ①儿童小说-中篇小说-美国-现代 Ⅳ. ①I714.84

中国版本图书馆CIP数据核字(2017)第090582号

出版发行 南京大学出版社
社　　址 南京市汉口路22号　　　邮　编 210093
出 版 人 金鑫荣
项 目 人 石　磊
项目统筹 刘红颖

丛 书 名 纽伯瑞儿童文学奖获奖作品精选
书　　名 **汉克，这头鹿**
著　　者 [美] 菲尔 · 斯通
绘　　者 [美] 库尔特 · 维泽
译　　者 柯　力
主　　编 南来寒
责任编辑 于李丽　宋冬昱
责任校对 黄　睿
终审终校 曹　丹
装帧设计 谷久文

印　　刷 江西华奥印务有限责任公司
开　　本 889×1320　1/32　印张 3.75　字数 48千
版　　次 2018年1月第1版　2018年3月第2次印刷
ISBN 978-7-305-18501-4
定　　价 24.00元

网　　址：http://www.njupco.com
官方微博：http://weibo.com/njupco
官方微信：njupress
销售咨询热线：（025）83594756

纽伯瑞儿童文学奖（Newbery Medal），又称纽伯瑞奖。1922年由美国图书馆学会（American Library Association）的分支机构——美国图书馆儿童服务学会(Association for Library Service to Children)创设，旨在表彰那些为美国儿童文学做出杰出贡献的作者们。该奖每年颁发一次，专门奖励上一年度出版的英语儿童文学优秀作品。每年颁发金奖一部、银奖一部或数部。自设立以来，已评出数百部优秀的儿童文学作品。纽伯瑞儿童文学奖已成为美国乃至世界公认的儿童文学大奖。

内容简介

这年冬天，拜罗拉城中来了一位不速之客。在这寒冷的季节，一头找不到食物、饥肠辘辘的驼鹿溜进了城中一户人家的马厩里偷吃干草。两个小男孩维诺和伊瓦尔发现了它，却不忍心射杀这头可怜的驼鹿。它的出现惊动了城里的警察、议员甚至是市长，大家一起决定这头鹿的命运。最后，在两个小男孩的执着努力下，驼鹿汉克顺利地度过了寒冬。

目录

第一章　猎人

维诺和伊瓦尔的家在明尼苏达州拜罗拉市。这日，他们在附近的山里打猎，可不仅没见着鹿，连熊的影子也没见过。伊瓦尔相信自己曾射中过一只兔子，可那只兔子却很确定他没有。一无所获的他们只好踩着滑雪板从连绵的群山上滑下，开始慢慢往街上走。

铁矿区内的山都由或红或紫的铁矿石组成，山上长着茂密的常绿杉树和雪松。夏天里，路上是红红的铁矿石和绿绿的树；到了北国漫长的冬季，满眼都是白色和绿色。

伊瓦尔的发色很浅，几乎是雪白的。这个十岁大的孩子很爱笑，眼睛边上已经有了两道笑纹，像是为了让他笑起来更容易一些。维诺深色的头发剃得很短，他的头圆得就像个篮球。伊瓦尔觉得和维诺很相称。

“要是我们射中了一头鹿，”伊瓦尔说道，“我想它应该回不了家了。”

维诺点了点头说：“我们不能那么做。鹿对人很友好，它们从没伤过人。”

他们把滑雪板扛在肩上走着，地上的雪已经没过了脚趾，维

诺的雪板上也结了冰，正掉进他那短呢大衣的领子里。

“喂，你这家伙！”他对着雪板说，“我受够了！”

“再见啦，伊瓦尔。我得朝这边走了。”

“跟我一起去马厩吧，给滑雪板上上油，然后到干草堆里坐坐。”

伊瓦尔的父亲在拜罗拉经营着代养马匹的生意，照料铁矿区的马和驴，还有伐木场的马。他还是个兽医，牲口们生病的时候他也会给它们瞧瞧。

维诺想了想回答道：“好吧，我们来商量下明天去哪儿打猎。”说完他拿气枪对着栅栏开了一枪，击中了其中一块。“真希望射中的是头老驼鹿啊。”他说道。

他其实只是说着玩玩儿。驼鹿可比一匹强壮的马还要大得多，它头上的角和灶台差不多大。气枪虽然是一种危险的武器，能把所有人吓得跳起来大喊大叫，却吓不到驼鹿。它甚至不会注意到有人开枪，要是被它发现了，两个小男孩就得立即爬到树上保命了。

“我们可以把它的角挂到灶上边。”伊瓦尔说。

走着走着，他们觉得越来越冷。他们的父母从芬兰来到美国，来到铁矿区。靠近北极的芬兰可比明尼苏达州要冷多了，可即使是在明尼苏达，温度也达到了零下 30 多度，密赛贝山上还时常刮起来自苏必利尔湖的冷风。

这种天气，能待在温暖的马厩里，靠在楼上办公室的暖炉边

上取暖真是太幸福了。

“我爸肯定又开车出去了。”伊瓦尔边说边解开大衣，感受炉火的温暖。他拿出抹布和一罐皮革润滑油，两个男孩开始给滑雪板上油，防止木板变弯或磨损。

“我还是希望刚刚射中的是一头老驼鹿。”维诺呓语般说道。

伊瓦尔放下雪板拿起气枪，说道：“如果那是头驼鹿，我会这么做。”他以最快的速度扣动扳机，朝办公室门外连开三枪。

子弹没入楼下马厩间漆黑的走道里。

黑暗中突然传出了一阵凄惨的叫声：“呦——呦——呦——”

两个小男孩丢下手里的气枪、润滑油、滑雪板、抹布，维诺大叫道：“天哪！伊瓦尔，你说这是打到了什么？”

伊瓦尔惊得跳了起来。他觉得自己表现得很勇敢，没有一蹦三尺高，确实很勇敢。“听起来像……像是一辆车。”他回答。

“车被打到才不会叫呢。”维诺提醒道。

“也许是打到了它的喇叭。”

“可它叫了好长一段时间。”

“是啊。”伊瓦尔承认那不可能是辆车。他挺起胸，他可是个勇敢的芬兰人。伊瓦尔想起了维纳莫伊宁，他是和印第安酋长海华沙、探险家哥伦布以及拓荒者丹尼尔·布恩一样勇敢的芬兰英雄。他壮起胆子说道：“我出去看看发生了什么。”

他勇敢地走到开关旁，打算打开灯照亮马厩长长的走道。“也许是头驼鹿。”维诺走到伊瓦尔身旁轻声说道，他躲在伊瓦尔身后向里望去。

伊瓦尔按下了开关。

真是头驼鹿。

第二章　驼鹿汉克

这是一头可怜的驼鹿，可以说是世上最可怜的驼鹿。

在明尼苏达州多年未遇的寒冷冬季，所有的草都被两米多深的雪覆盖，雪上还结了一层厚厚的冰。驼鹿们本以苔藓为食，现在却只好啃食树枝，难以果腹。这头可怜的驼鹿已经饿得不行了。

它已经三天没有吃过早餐了，四处找遍了也没有可吃的东西。正当它以为再也吃不到早餐的时候，它来到了森林中一处奇怪的地

方——拜罗拉，不过它并不知道这座小城的名字。但幸运的是，它一进城就路过了伊瓦尔家的代养马厩。训练有素的鼻子告诉它，过去几个月没能吃上的一日三餐都有着落了。这就是这头驼鹿出现在马厩里的原因。

伊瓦尔迅速关上办公室的门，说道："没事，就是头驼鹿。"边说边小心地插上了门闩。

维诺眼睛睁得老大，哆嗦着双腿，有气无力地说："啊？这是头驼鹿？"

他们在原地站了一会儿，思考该怎么做。"要不一会儿我出去再给它几枪？"伊瓦尔提议道。

维诺紧紧抓住他的胳膊，其实他大可不必这么做，伊瓦尔还没开始往门边走，他现在站得离门可远了。"可这头驼鹿并没有伤害我们，甚至连一点儿声响也没有。嗯，我想我该回家了，我妈也许正需要我帮忙呢。"

“是吗？那太好了。”伊瓦尔高兴地说，“你路过的时候顺便打它几枪吧。我得在屋里待着，怕有人打电话来。”

“我还可以再待一会儿。”维诺听后立刻说道。

于是他们俩安静地坐了很久，一句话也没说。但伊瓦尔一直在思考，他越想越生气，十分愤怒。芬兰人的怒火是很难平息的，一开始他还只是比温和的中国人气愤一些，最后当他变得比暴躁的挪威人还要愤怒时，他意识到自己成了真正勇敢的芬兰人。

“那头鹿凭什么待在我爸爸的马厩里？”伊瓦尔语气坚定地说，

“我要出去给它点教训。”他平时说话不会这么无礼，“给别人一点儿教训”只会让人觉得你的脾气很差。伊瓦尔一直都是个乐观安静的孩子，但他现在有理由生气，他被一头驼鹿困在了自己父亲的办公室里，任谁遇到这样的情况都会生气的。

看见伊瓦尔打开门，维诺阻止道：“外面也许不止一头鹿呢。”

“那我就给外面所有的鹿一点儿教训。”伊瓦尔一边往外走一边回答。维诺只好跟着他一起出了门。

伊瓦尔稳步走下楼，穿过昏暗的长廊。他知道如果自己停下，很可能会马上转身逃跑，所以他勇敢地不断向前迈步，走廊里回荡着“嗒嗒嗒”的脚步声。两旁的马儿正在不安地嚼着草料，它们注意到马厩里好像闯进了一匹奇怪的马。

维诺蹑手蹑脚、脚步拖沓地跟着，对安抚伊瓦尔的情绪一点儿帮助也没有。

终于，他们见到了驼鹿。它比世界上最大的牛还要大得多，

它的角向外伸展，有点儿像是长着刺的仙人掌，但每只角都有铁铲那么大。

那头鹿看了他们一眼，然后又继续不停地往肚子里填着草料，那可是伊瓦尔的父亲花大价钱买来的。

“滚出去！”伊瓦尔吼道，“你不能吃我们家的草！马上给我滚！”

驼鹿并没有搭理他。尽管它看上去还是很可怜，但已经比之前好多了。

“我叫你滚出去！”伊瓦尔继续叫道，还走过去戳了戳它。驼鹿慢慢转过头，大叫了一声。还没等叫声结束，两个男孩就已经转身跑回办公室，锁上了门。他们静静地等了一会儿，听着外面的动静。

“我想我已经给它上了一课。”正说着，只见伊瓦尔又立刻从椅子上跳了起来。他听到门边发出“嘎吱”的响声，有人正在转动门把手！

第三章　该拿一头驼鹿怎么办

维诺躲进桌后的墙角里，伊瓦尔清楚气枪可打不死驼鹿，于是他抓起一把干草叉，勇敢地往门边走去。

门把手又转动了一下，伊瓦尔大叫道："你走开点！回到你的森林里去。"

门外的人等了一会儿回答道："里面怎么了？为什么把门锁上？"

"爸爸！"伊瓦尔边叫边把门闩打开。

门外正是伊瓦尔的父亲，他并不是很胖，但非常强壮。他的脸白里透红，和伊瓦尔一样眼里闪着愉快的光，正对着两个小男孩笑着。

“怎么啦？”他又问道，“你们好像‘厌’鬼了一样。”因为他小时候只说芬兰语和瑞典语，所以直到现在也发不好“见”的音，只能用“厌”代替。而在美国长大的伊瓦尔能说好“见”字，但因为听习惯了，他从没发现爸爸说的是“厌”字。

“我们看见了一头驼鹿。”伊瓦尔回答。

“一头驼鹿！”维诺重复道。

“什么？”伊瓦尔的父亲大笑了起来，地板也跟着颤动起来。“你们刚刚看‘厌’了一头驼鹿？没关系，它不会追到这里来的。”

“它就在马厩里。”伊瓦尔告诉父亲。

伊瓦尔的父亲笑得更大声了，所有东西都跟着抖动起来。“马厩里有头驼鹿？你不会是在钟楼里遇到蝙蝠了吧？伊瓦尔，我看应该是马跑出来了。你去楼上看看你妈妈在干吗，我来处理

这头鹿。”

“真的是头驼鹿，爸爸，是真的！”

“你要擦亮双眼看清楚，伊瓦尔。”他的父亲说道，“勇敢的芬兰人应该有准确的判断力。那是匹马，你是因为害怕才说那是头驼鹿。走吧，我们一起去看看这头鹿。勇敢的芬兰人无所畏惧。”他打开门走进过道里说道，“我们去瞧瞧。”

突然，他猛地往后退，用强壮的臂膀抱起两个孩子，把他们扔回了办公室。他也立刻走进来，锁上了门。“真是头鹿。”他说道。

伊瓦尔的父亲思考了一会儿，和伊瓦尔一样，他也下决心鼓起勇气向门口走去，准备勇敢地面对驼鹿。“等我出去后，你们锁上门待在里面。我出去看看，如果一会儿我大声呼叫，你们就从窗户爬出去，跑去找警察。”

说完，他打开门走了出去，可伊瓦尔并没有听他的话，他是不会让他爸爸一个人面对驼鹿的。他悄悄地跟在父亲身后，维诺也跟着一起走了出去。

因为吃多了草，驼鹿开始有些犯困。虽然还在费力够着阁楼上垂下来的草，但它其实已经不是很想吃了。可好不容易找到这些草，它得抓住机会尽可能多吃一些。

“真不敢相信！”伊瓦尔的父亲感叹道，“怎么会有这么能

吃的东西？嘘！现在请你离开吧。”

驼鹿汉克瞟了他一眼，然后继续嚼着，这激怒了伊瓦尔的父亲。“一吨干草要20美元。你都吃了一吨了，打算拿什么付钱？”实际上，驼鹿的肚子里已经填满了草，像一个吹得鼓鼓的气球。但由于在森林里过了那么久饥肠辘辘的日子，它的尾部还是皮包着骨头。

“它真的……”

“是的，我知道了。”伊瓦尔的父亲打断了维诺，“是头驼鹿，可我真搞不明白它怎么跑到这儿来了。”

“今年冬天天气太糟糕了，也许它是太冷了。”维诺说。

伊瓦尔的父亲对着维诺笑了笑，但同时还是拿一只眼睛盯着驼鹿的动向。“不是因为冷，驼鹿不怕冷，我想它可能是太饿了。它肯定是趁下午没人在的时候进来的。”

“你打算拿它怎么办，科同恩先生？”维诺急切地问道，他

更关心的是这个实际的问题。

“拿它怎么办？”伊瓦尔的父亲气愤地说，“其他人要是遇上驼鹿会怎么做？别人怎么对它我就怎么对它。”

“怎样呢？”伊瓦尔好奇地问道。

“我要把它从我的马厩里赶出去，不然这些马会怎么想？”

“它们会怎么想啊，爸爸？”

“它们会觉得我管不好马厩！可恶的驼鹿！”

这时汉克突然趴开腿瘫倒在地上。它感觉良好，但是很累。它瞟了瞟站在一旁的三人，侧躺着滚了几下，满足地叹了口气，睡着了。

这一连串动作再次激怒了伊瓦尔的父亲。“你给我滚出去！你不能在这里睡。”说着他戳了戳汉克，但它连眼睛都没睁开。

伊瓦尔突然觉得这头驼鹿有些可怜。他能看出它有多困，这让他想起了早上睡得正香时，不得不爬起来去学校的自己。

伊瓦尔的父亲郁闷地说：“真希望自己能狠下心用干草叉戳它。”接着他又对着驼鹿狠狠地说道，“你给我听着！你要是还不走我就要叫警察了。你知道他会怎么做吗？他会朝你开枪的。”

即使这样汉克还是没有睁开眼睛，只是轻柔困倦地叫了一声。

“好吧，”伊瓦尔的父亲下定了决心，“伊瓦尔，你去把警察找来。”

“哎呀，爸爸！”

“哎呀，科同恩先生！”维诺也跟着叫道。

“我怎么能允许一头驼鹿待在我的马厩里？它会把我吃得倾家荡产的，又会妨碍生意，还很危险。”

“这头鹿不会的，爸爸。你看看它。”

“谁知道它醒过来会变成什么样？你快去找警察，伊瓦尔。”

“好吧。”

伊瓦尔和维诺走了出去。夜幕已经降临，快到晚餐时间了。

明亮的街灯闪烁，照亮了矿区小城积雪的路面。两个小男孩在消防队旁的市长办公室找到了警察瑞恩先生。他的腰带挂在墙上，上面别着两只硕大的左轮手枪，而他正坐着看晚报。

瑞恩先生从报纸后伸出头瞥了眼伊瓦尔和维诺。

“很好，”他严肃地说，“看你们拿枪出门的时候我就知道你们会惹上麻烦。怎么啦？在禁猎季打死了驼鹿？”

两个小男孩知道他是在开玩笑，可他们正喘着粗气，根本笑不出来。

“我爸爸想让你去把驼鹿从马厩里赶出去。”

瑞恩先生平时很喜欢开玩笑，他盯着两人看了一会儿，然后皱起了眉头。

“跟警察开玩笑，嗯？我要把你抓起来，你看看想待在哪间牢房里。你要知道……”他放慢语速说道，“我们这一日三餐可只有面包和水。”

“不是的，瑞恩先生，拜托了，这不是在开玩笑。爸爸想让你帮他把那头驼鹿赶出马厩。”

“不是的，瑞恩先生，拜托了，这不是在开玩笑……”维诺跟着说。

瑞恩先生笑着拿起了腰带。开始他还以为两个小男孩是说马厩里真有头驼鹿，后来才想起来在明尼苏达方言里“驼鹿”也可以指高大的男人。

这么晚了，流浪汉们没法待在铁矿区了，可能跑进了城里。伊瓦尔·科同恩（小伊瓦尔和他父亲同名）强壮得就像一头驼鹿，他一般不会向人求助，可他一旦需要帮助了，那一定是遇上了大麻烦。想到这点，瑞恩先生快步走了起来，两个小男孩慢跑着才

能跟上他。瑞恩先生虽然是个身材矮小的爱尔兰人，但他很强壮，很有勇气。

“‘那头驼鹿’在马厩里干什么呢？”他问伊瓦尔。

“它在睡觉，瑞恩先生。”

瑞恩笑了起来。“我要请他到牢房里好好睡一觉。他惹麻烦了吗？”

“没有，它只是吃了很多……”

“私闯民宅是吧？太恶劣了！”瑞恩先生变得严肃起来，“他

不该这么做，他要是来找我，我会给他些吃的，明天再让他走。现在好了，我得拘留他。私闯民宅实在是太恶劣了。”

“是啊，先生。”伊瓦尔焦急地说。

“他偷了什么东西吗？”

“没有，先生，只是吃了很多……”

“什么都没偷就吃了点东西，可怜的家伙。好吧，看看我们能为他做些什么。他一定是饿得不行了，也不知道来向我求助。要是来找我，我一定会给他吃的东西和住的地方，他会没事的。”

瑞恩先生不喜欢抓人，不想给人带来麻烦。要是有人真犯了什么事儿，他也不敢逮捕任何人。

维诺怯懦地说：“它是一头可怜的驼鹿，瑞恩先生。”

瑞恩先生叹了口气说道：“可怜人啊，我猜他应该是太饿了，又正好看见门开着。这个冬天太冷了，看看我们能做些什么吧。”

这时他们走到了马厩门口。瑞恩先生相信两个小男孩说的“那头驼鹿”肯定很可怜，但他们可能不太了解流浪汉的生活一直都是很艰辛的。他一只手扣在腰带上，摸着左轮手枪，然后迅速打开了门。

“伊瓦尔？”瑞恩先生大声叫着伊瓦尔的父亲。

“弗兰克？”

“情况还好吗？”

“不太好。你打算拿这头驼鹿怎么办？它来这干什么？”

瑞恩先生勇敢地快步走进过道，两个小男孩听见他倒吸了一

口凉气：“真是头驼鹿！”

“我告诉了你是头驼鹿啊。”小伊瓦尔说，接着又焦急地问他，“你打算拿它怎么办，瑞恩先生？”

维诺跟着说：“你打算拿它怎么办，瑞恩先生？”

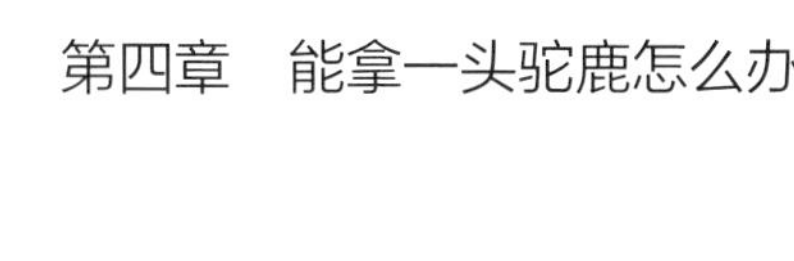

第四章　能拿一头驼鹿怎么办

汉克现在不伤心了，可它天生就长着一张哭丧着的脸，所以看上去还是很可怜。它吃得很饱，睡得也很安稳，没有什么可忧虑的了。这些日子它又冷又饿，没有好好睡过觉。有一天晚上它还遇到了狼群，不得不费力把它们赶跑。雪堆得太厚，上面结的冰又那么硬，它已经有一个月没有好好吃过草了。

最后，它实在是太伤心了，把古老的驼鹿法则里不准靠近人类的规定完全抛到了脑后，它几乎忘了世上还有人这种生物，只是不停地往前走啊走，希望能找到点残留的草。走着走着，它突

然看见了一排整齐的小树，里面有成堆的干草，那实际上是用木板盖起的马厩。

吃完一大堆草后汉克睡着了。它知道自己睡着了，因为它做了几个有关人类的梦，但是作为发育成熟的年轻驼鹿，它知道这些都只是梦，所以只对着他们叫了几声，吓唬吓唬他们。

瑞恩先生用脚尖踢了踢它，可汉克一动不动。它实在睡得太沉了，叫都叫不出来了。

“它怎么进来的？”瑞恩先生看着伊瓦尔和维诺问道，好像是他们俩把驼鹿领进来的一样。

“它自己跑进来的。”伊瓦尔的父亲质问道，“你怎么能让它跑进来？”

“我不能成天看着它啊。”瑞恩先生回答，“这可不在我职

责范围内，我还有很多事情要做。”

伊瓦尔的父亲耸了耸肩说道：“它是个偷干草的贼。你到底是不是个警察？抓贼是不是你的工作？”

“就算我之前碰见了它，也不会知道它要偷吃你的草。我又

不能把长得像小偷的都抓起来，对吧？”他转向两个小男孩问道。

“没错，先生。”他们同时回答。

伊瓦尔的父亲和瑞恩警官都笑了起来，但伊瓦尔的父亲仍忧心忡忡地看着汉克说道：“我们还是必须得做点什么。买干草可花了我不少钱，而且谁知道它醒来后会做些什么呢？”

瑞恩先生抓了抓头发说道：“看来只能开枪打死它了，我可制服不了驼鹿。”说着他拿出一把左轮手枪，“虽然我也不想这么做。”

伊瓦尔觉得这可不是什么好主意，维诺也这么想。“你不能打死一头可怜的熟睡中的驼鹿。你看，它看上去好像要哭了。”

“是啊，它看上去好像要哭了。”维诺跟着说。

“它的确有些消瘦。”瑞恩先生迟疑道。说完他把手枪放了回去，又小心地推了推那头驼鹿，“简直骨瘦如柴，可怜的老伙计，它只是看见了很多干草，它不知道这些草是有主人的。”

“它可以吃草，”伊瓦尔的父亲说道，“但这里的马可会不高兴的。而且谁知道它醒来会做些什么呢？”

“趁它熟睡的时候打死它实在是太不公平了。”伊瓦尔再次强调道。他和维诺都开始为汉克感到难过。

“说得对。”瑞恩先生提了提腰带说，“等它醒来看它表现怎么样，老伊瓦尔？如果它干坏事我们再开枪打它。”

伊瓦尔的父亲听后说道：“它要是敢做什么坏事，你们干脆打死我算了。我这养了二十二头马和骡子，怎么能让一头驼鹿在我的马厩里跑来跑去，还有它吃的那些草该怎么办？”

瑞恩先生笑了笑，但没让伊瓦尔的父亲看见。他知道科同恩先生是整个拜罗拉市心灵最柔软的人，这也是他选择做兽医的原因。于是他故意说道：“好吧，老伊瓦尔，这把枪你拿去，打死它吧。”伊瓦尔的父亲马上跳到一旁说道：“我？我可没说过要打死它，

我是请你来把它赶出去的。你到底是不是个警察？”

“我只是个管人的警察，驼鹿又没有投票选我当警察。”

伊瓦尔的父亲想了想，笑着说道：“这是我的马厩，我是这里的公民。要是你不能把它赶出去，那就把马厩挪走。”

“我看我们还是打电话叫市长来处理吧。”瑞恩先生说道。

第五章　市长的决定

内尔斯·奥拉夫森先生是拜罗拉的市长，他正准备好好享用晚餐。餐桌上摆着各种食物，有用山葵调味的蔬菜肉汤、苏必利尔湖产的白鱼和奶油酱、带皮煮的土豆和浇上醋油汁的菠菜，还有他的夫人自制的罐头西红柿，刚烤好的肉馅派也正要上桌，就在这时电话响了。

市长接起电话时，市长夫人把热腾腾的肉馅派分给了三个女儿，然后放了一份在奥拉夫森先生的位子上。

等接完电话回来，所有人都抬头看着他，他穿好短大衣，戴上了皮帽。正吃着肉馅派的三个金发小姑娘停了下来，看着她们的父亲。她们的母亲张口问道：“发生什么事了，孩子他爸？”

“没什么，”他回答道，“瑞恩先生好像疯了，我得去看看能做些什么。”

“瑞恩先生？安心吃饭吧，孩子他爸。瑞恩先生不会疯的。”

“他真的疯了。”奥拉夫森先生抓起皮手套，肯定地说，“他叫我去伊瓦尔·科同恩家，说是他的马厩里有一头驼鹿。”

“我能和你一起去看看驼鹿吗？”九岁的贡达问道。

“我也想去看驼鹿。”最小的孩子克里斯汀说道，“你之前都没带我去看过，爸爸。”

“马厩里的驼鹿！”十二岁的奥尔加惊叹道，“驼鹿一直生活在森林里，从没在马厩里出现过。我也跟你一起去好吗，爸爸？”

“不行，驼鹿是瑞恩先生想象出来的，不是真的。马厩里不可能会有驼鹿。”

“你们的肉馅派要凉了。”孩子们的母亲提醒道。

“我不知道什么时候才能回来，你们先吃吧。”说完奥拉夫森先生就急急忙忙出门了。

奥拉夫森夫人只好把肉馅派放回炉子里保温。奥拉夫森先生以一个胖子能达到的最快速度向前走着，脚下的雪被踢得四散开去。

“你好呀，伊瓦尔。”他站在代养马厩的门口小心地喊道。

“你好，内尔斯。”接着，他听到瑞恩先生用和往常一样的语气对他说，“快进来吧。”

市长慢慢地走了进去，并把门虚掩着，这样一会儿有什么情况他就可以尽快跑出去。他对瑞恩先生说道：“放开那头驼鹿吧，你跟我一起去看看医生。”

“放开它？”瑞恩先生叫道，“我可没抓着它，我也希望它能离开。只要它肯走要我干什么都行，不然你来把它赶走吧。”

见瑞恩先生这么生气，奥拉夫森先生可以肯定他没有疯。奥拉夫森先生一边继续往马厩里走，一边问：“你到底在说什么？是驼鹿还是豚鼠啊？”

“是豚鼠。”市长走近后瑞恩先生肯定地回答。

这时奥拉夫森先生看见了汉克，他叫道：“我的天哪！这可不是只豚鼠，这是头驼鹿！”

“哦，你在开玩笑吧！”瑞恩先生说道。

“可是它在这做什么？”

瑞恩先生仔细打量了一下汉克然后回答道：“它看上去像是在弹钢琴、织毛衣还是看书吗？我看它只是在睡觉啊。”

伊瓦尔感觉自己和汉克已经是老熟人了，脑海中想象着那些画面，他笑了笑，维诺也跟着笑了，惹得市长皱着眉头看着他们。

“我的意思是它是怎么进来的？”

伊瓦尔的父亲摇了摇头，他憋住笑张口回答：“我没养过驼鹿，所以让人给我送了一头过来。”

奥拉夫森先生一点儿也不觉得这个回答有趣，他自言自语道：“无意中走进来的吗？”

“就是无意中走进来的。”伊瓦尔的父亲说。

“那你打算拿它怎么办？”

伊瓦尔的父亲耸了耸肩说道：“它不属于我，它是属于这个

城市的。要不它为什么在市里？可它如果是归市里管的话，你为什么要把它送到我这儿来？它吃掉了一吨多干草！”

此时，伊瓦尔和维诺正坐在驼鹿身上，瑞恩先生和伊瓦尔的父亲站在它身后。

“它看上去皮包骨头的，感觉好像有些不太舒服。”奥拉夫森先生说道，“可怜的老驼鹿，今年冬天真是太冷了。”

“它很饿。”伊瓦尔的父亲说。

“看得出来，”市长问道，“你为什么不开枪打死它？”

“不能打死一只正在熟睡的驼鹿。”瑞恩先生不满地说。

“不，不要打死它。”伊瓦尔和维诺齐声说道，说着还情绪激动地跳了几下，汉克被惊得叫了一声。

汉克的惊叫让瑞恩先生和奥拉夫森先生迅速跑进办公室里，只有伊瓦尔的父亲留了下来并对他们说：“孩子们，你们的妈妈也许需要你们帮忙，在我们处理好这里的情况之前你们还是先回家吧。”

“但是他们不能打死可怜的老汉克。”伊瓦尔说道，虽然汉克正是这头驼鹿的名字，但这还是第一次有人这样叫它。

“对，他们不能打死可怜的老汉克。”维诺跟着说。

“我们会找出最好的解决方案的。”办公室里的奥拉夫森先生生气地说。

“你不打算打死它？”瑞恩先生问道。

“不，我会处理它的。”

听完这话，伊瓦尔和维诺立即在汉克身上使劲跳起来，希望能够在它“被处理”之前把它叫醒，送它离开。但汉克只是慢慢地叫了一声，并没有睁开眼。

伊瓦尔的父亲立场坚定：“我可养不起一头驼鹿，而且我也不希望它待在这儿，但我宁愿把它留下也不愿意看到它被处理掉。

如果政府不能照顾它，那就只好由我来照顾它了。”

奥拉夫森先生看向瑞恩先生，但很显然他是站在伊瓦尔·科同恩这一边的。

“我一个人做不了决定，”市长说道，“我要和市议会商量一下。”

“没必要，”伊瓦尔的父亲说道，“我会自己出钱给它造一个围圈，等它想要出去的时候我就放了它。”

“不，老伊瓦尔，”市长不高兴地说，“你不需要这么做，我马上打电话跟议员们商量该怎么做。”

“你可绝对不能开枪打死那头可怜的驼鹿。”

五分钟之后，相同的情景在拜罗拉三户不同的人家上演了。

“奥拉夫森先生这次肯定是疯了。”伦恩先生戴着耳罩厉声说道。

同一时间，市书记汉保德先生对他的家人说道：“真想不到！市长真是疯了。”

与此同时，议员霍格隆德先生遗憾地摇着头说道：“他就不该花那么多心思研究避税。谁能想到呢，奥拉夫森先生竟说马厩里有一头驼鹿。”

一小时之后，他们都一脸茫然地围坐在伊瓦尔父亲的办公桌旁。

“我们不能开枪打死一头这么可怜的驼鹿。”奥拉夫森先生

第一百次重复道。

“是啊，可怜的家伙，它快要饿死了。”伦恩先生说。

“是之前快要饿死了。”想着被吃掉的干草，伊瓦尔的父亲纠正道。

最后奥拉夫森市长决定：“这么办吧，市里来出这笔买干草的钱，弗兰克·瑞恩今天晚上拿着手枪守在这里。如果这头驼鹿惹事就把它打死，可如果它自己离开了那就没事了。”

大家一致同意这个提议，都认为汉克会在晚上静悄悄地离开。

第六章　冬天的房客

第二天早上，矿山汽笛准时叫醒大家起床上工，而两个小男孩整宿都在议论昨夜发生的事，一直没有睡觉。这一天，他们认识了一个新的小伙伴——刚跟爸爸一起搬到铁矿区来的小男孩吉姆·巴瑞。他们在铁矿边的废土堆上滑了一下午雪。废土堆是由矿里挖出来的泥土堆成的，长长的坡又窄又陡。

因为之前从没滑过雪，吉姆·巴瑞真正站在滑雪板滑行的时间并不多，但他一直坚持着，一会儿仰着滑，一会儿趴着滑，一会儿坐着滑。

“我不明白为什么老汉克要走。”伊瓦尔不解地说，“我们对它很好啊。”

“谁给它起了汉克这个名字？”吉姆·巴瑞问道。问话时他刚找到滑雪的感觉，滑了十五米还没有跌倒，他转过头来问问题，迈步时没注意到两块雪板的前端交叉了，一下摔倒在雪地里，但他马上沉着地爬了起来。

“它本来就叫这个名字。”伊瓦尔说道。

“它本来就叫这个名字。”维诺跟着说。

“它也许还会回来的。”吉姆·巴瑞期待地说道，他还从没见过汉克呢。

伊瓦尔摇了摇头说道：“不会了，它只是误闯进来，饱餐一顿然后又离开了。只要没有被人当做野生驼鹿杀死的话，它吃的那些草应该能支撑它活一个月了。”

“我们可以带吉姆去看看它待过的地方。”维诺提议道，“我们去马厩里看看吧，反正还没到吃晚饭的时间。”

他们回到马厩的时候，几个谈笑风生的男人正围在伊瓦尔父亲的办公室门口。

“他们都以为我疯了。”奥拉夫森先生正说道，“好吧，市政府会承担它这顿晚餐的费用。大概是多少钱，老伊瓦尔？”

伊瓦尔的父亲回答道：“嗯，大概是四匹马的量。但我不会对你狮子大开口的，给我 1.5 美元吧。”这时他看见了小男孩们并对他们说，“你们的妈妈正在找你们呢。”

“我们只是想带吉姆看看……”说着伊瓦尔突然停了下来，听着周围的声音，然后他和维诺对视了一眼。

有什么东西正在靠近马厩，发出与正常的马蹄声很不一样的“嘚嘚”声。转眼间，马厩的正门口出现了一个高大的棕色身影，并快步走向围圈。大人们都睁大眼睛面面相觑，而三个小男孩却尖叫着跑进了过道里。

“汉克！”他们大声叫道。

这头驼鹿不安地看着站在门口的大人们，更加警惕地看着跑向它的小男孩们。它扭过头往后门走去，但后门被锁上了。小男孩们停了下来，驼鹿转过身看着他们，站在门口的大人们立即喝令他们往回走。

“汉克！”伊瓦尔叫道。

“汉——克！”驼鹿也大声叫道。

“汉克！”伊瓦尔又叫道。

驼鹿等了一会儿回道：“汉——克。”这次它的声音小了一些，还边叫边慢慢往回走，男孩们被迫向后退。

汉克闻到了干草的味道。它走进之前待过的围圈里开始吃草，并不时往两边瞅瞅。伊瓦尔觉得这个因为美味的干草而跑进来的动物是不会伤人的，于是他慢慢地走过去并轻轻地拍了拍它，汉克转过了头，礼貌地叫了一声，然后继续吃草。

另外两个小家伙，包括第一次见到汉克的吉姆，也走上前轻轻拍着它。汉克感觉还不错，干草很美味，而且它隐隐感觉到这几个小家伙和这些松散的干草是有关系的。这可是整个冬天它能找到的仅剩的草了，所以这几个小家伙应该是好人。

而且它几乎可以理解他们说的话。他们蹦蹦跳跳地拍着它，还用类似驼鹿的语言叫着：“汉克，汉克，汉克。”

汉克不时将目光从干草上挪开，友善而信任地看着男孩们。

“天哪！”奥拉夫森先生说道，“他们见到它很开心，而它也很高兴见到他们！”

两个小男孩还在轻拍着汉克，而伊瓦尔正帮它把草拉下来。当汉克过于急切地伸着脑袋够阁楼上的草时，伊瓦尔还会抓住它头上那大大的鹿角把它的头扭到一边。

“这不是头驼鹿，是只被宠坏的小狗。”看热闹的人说道。

“它怎么进来的？”奥拉夫森先生问道，“你为什么不把它挡在外面？”

“每天下午五点半到七点我都会把门打开，大家会在那时来找我，我有时会出门去给牛或者其他动物看病。”伊瓦尔的父亲说。

“好吧，”奥拉夫森先生严肃地说道，“人可以进来，驼鹿不知道它不应该进来。明天你得把它拦在外面，市政府可不会承担更多的干草钱了。”

第七章　城里的驼鹿

星期一是上学的日子。下午四点左右，男孩儿们来到马厩。马厩的大门被锁上了，仅留了一个小门。走进去后他们发现里面只有马，一个人影也没见着。

吉姆·巴瑞笑道：“我们可以把它放进来。”

伊瓦尔摇了摇头说道：“会被爸爸发现的。”

他们坐下想了一会儿，伊瓦尔想到了一个主意。他低声自言自语了一阵然后说道：“公园是个好地方。冬天没人会去那儿，有很大的空间让它待着。”

拜罗拉有很多小胖墩，但五分钟后三个最胖的小男孩从马厩的后门溜了出去，半个小时里他们来来回回跑了三趟。

他们走路的姿势很奇怪，踉踉跄跄的，像印第安人一样排成一纵列。排在最前面的小胖墩伊瓦尔还时不时躲到树后面，跟在后面的两个人也有样学样。幸运的是路上没碰到一个人，他们蹑手蹑脚地躲进了城市公园的树丛中。寒风凛冽，公园里的花坛都被铺上了稻草。

五分钟后，伊瓦尔、维诺和吉姆回到了马厩的大门口。吉姆低声说道：“你最了解它了，你在这等它，我们……”又过了五分钟，变胖了的两个小男孩从马厩的后门溜了出去。

等待的过程中，伊瓦尔感到十分不安。他现在看上去并不是特别胖，但爸爸肯定会注意到他身材的变化的。“快过来啊，乖鹿鹿。”

等待期间，还有几户邻居打开门迎接自家的马队，伊瓦尔只

好在街角躲一躲。现在拜罗拉的每个人都知道汉克的事了，所有驾马车的人出门时都谨慎地锁上门，环顾四周并尽快赶回家。

“快到我这来啊，乖乖鹿。快过来老汉克！”

“汉——克！”

伊瓦尔朝角落里看了看，然后发现了汉克。“谢天谢地！你怎么这么晚才来！”说着伊瓦尔把手伸进短呢大衣里，掏出一大把干草，“快过来，汉克。”

他把汉克引到人迹罕至的背街小巷，朝公园里的音乐台走去。

寒风刺骨，汉克却并不像伊瓦尔一样那么怕冷，它所关心的只是下一口能不能吃到更多的草。前面的小家伙每往前快跑几步，手里就会奇迹般的又出现一小把草。

不一会儿它眼前出现了一排整齐的小树，那是音乐台下存放水管、耙子等园艺用具的小房间。房间里有大堆的干草和另外两个能和驼鹿对话的小朋友。

汉克喜欢干草，也喜欢总是和干草一起出现的三个小家伙。它吃了好一会儿草，但因为这三天都吃得很好，它一点儿也不觉得困。看到三个小家伙打算离开，它极不情愿地大叫了一声：“汉——克——”

伊瓦尔转过身来吃惊地看着它说道：“天哪，汉克，小点声！”

“你会把全城的人都叫过来的。”维诺说道。

看到他们开始往回走，汉克马上安静下来。“你得保持安静，老汉克！要是被他们发现你在这可就惨了。”说着伊瓦尔在汉克

肋间戳了一下，这在汉克看来是极其友善的轻抚。

三个小男孩开始烦恼起来。已经是晚餐时间了，妈妈正在家里等着他们，但他们谁也不想先走，让另外两个人觉得自己是轻易放弃的人。

接着他们又试着一起偷溜了一次，但汉克越来越喜欢这三个小家伙了，伊瓦尔一走出门，它就饱含深情地大叫了一声：“汉——克——”它觉得音乐台下温暖如春，而外面寒风凛冽，它不想出去，它也不明白为什么这几个小不点儿想要跑出去。

“听着，汉克！”伊瓦尔正色道，“我们要去吃晚饭了，家人们都在等我们。你乖乖待在这儿，说不定我们吃完饭就能马上回来。”

汉克听不懂英语，只是在看到男孩们往回走的时候发出了愉悦的叫声。

“回到家是不是就听不到它的叫声了？”吉姆·巴瑞问道，虽然他并不指望，也不需要有人回答。

伊瓦尔体贴地说道：“汉克对我和维诺比较熟，你可以试试能不能一个人溜走。如果你成功了，维诺也可以试一试。他出去后，我再想办法溜出去。少一个人它应该不会注意到的，而且它很快就会开始犯困。”

“我不想一个人走，让你们和它待在一起。”吉姆说道。

“没关系的，吉姆。这头驼鹿现在还跟你没什么关系，没必要让我们三个都惹上麻烦。”

“那好吧，如果你觉得自己能制得住它的话我就先走了。”吉姆愧疚地说完，就偷偷溜了出去。吉姆往外走时，伊瓦尔朝汉克的肋间使劲戳了几下，他知道汉克很喜欢他这样做。事实也的确如此，汉克一点儿也没注意到吉姆出去了。

“好，出去一个了。”伊瓦尔叹了口气说道，“下一个是你，维诺。抓住机会能走就走吧。”说着他用双手抓了抓驼鹿的脖子，汉克转过头，用深潭般忧伤、柔和的眼神看着他。

“我在外面等你。”维诺说道，他已经习惯黏着伊瓦尔了。维诺溜出去时，汉克仍一直望着伊瓦尔。

伊瓦尔的手开始发酸，他蹲下来抓起一把零散的干草，将驼鹿引向远离门的方向。

“这些草你刚刚没看见，汉克。”轻声说完，他就跑进了黑

夜之中。出去后他和维诺一起在门口站了一会儿，只听见汉克咀嚼的声音。

“我们走吧。”伊瓦尔说，两个小男孩就蹑手蹑脚地离开了。等走到人行道上之后，他们开始飞快地往家里跑。在回家吃晚饭前，

他们打算再去马厩看看，确保一切如常。

可等他们回到大街上却发现，路上的人们行为都很奇怪，都急着往屋里赶。一辆朝他们驶来的汽车突然开始全速后退，一个相熟的矿工朝他们挥了挥手、大叫了几声，然后也很快转身跑开了。

“他们都怎么了？”维诺奇怪地问道。

“可能是怕冷吧。”伊瓦尔轻蔑地说道，怕冷对于勇敢的芬兰人来说可是奇耻大辱。

两个小男孩可不怕冷。他们挺起胸膛，昂首阔步地在大街上走着，一会儿就来到了马厩附近。伊瓦尔的父亲和几位市议员坐在办公室里，看上去十分高兴。

“我们可算是摆脱它了。”同样的话伊瓦尔的父亲已经重复了不下二十遍。

“可不是嘛。”市长想了想又说道，“要是它没什么攻击性

的话留下来也挺好的。夏天来避暑的人肯定对一头温顺的驼鹿很感兴趣。”

就在这时，伊瓦尔和维诺走了进来。伊瓦尔感到有些内疚，便状似无辜地说道：“我们这就去吃晚饭，爸爸。我们没注意时间，一下就玩到这么晚了。”

“好吧，儿子。你们快……”话正说到一半，他突然停了下来，嘴巴张得大大的。看到这表情，议员们也转过身去，然后也都张大了嘴。这样一来，屋里有五个人张大了嘴。最后，伊瓦尔和维诺也转过了身，这下屋里有七张大大张开的嘴巴了。

“汉——克！”汉克叫道，像是在埋怨“你们为什么要丢下我跑掉”，然后像只大狗一样把头偏向一边，期待着伊瓦尔伸手挠它。

“我要冻僵了！”奥拉夫森市长说道，“伊瓦尔，把它关进马厩里，就这么办吧。看来不论愿不愿意，我们都要留下这头鹿了。”

第八章　春天来了

那个冬天，汉克创下了它逃跑的记录。它会跑到大街上，饶有兴致地看着路人和商铺，把车逼到路旁的沟里或是人行道上去。每当这时，人们就得把伊瓦尔和维诺找来，让他们把汉克带回去，不管当时他们是在学校还是其他任何地方。

后来，市长不得不拜托伊瓦尔的父亲，让他允许两个小男孩每周六陪着汉克在公园里玩耍，否则它会吓跑进城买土豆的农民们。为确保安全他还派警察在周围照看着。但是慢慢地，人们都习惯了汉克的存在，汉克也习惯与人相处，不怕人了。汉克长得

越来越壮实，经过两个小男孩的打理，它的皮毛也变得很有光泽。

早春时节，天气刚转暖时，卖蔬菜的帕纽科先生明白了一件事情——在没有顾客的时候千万不要把萝卜和青菜摆出来。和干草相比，汉克更爱吃胡萝卜。

春意渐浓，许多生活在更远的农场里的农民也来到了拜罗拉，事情变得更加复杂。他们中的许多人之前都没听说过汉克，见了它之后都感到很兴奋。有一个芬兰农民还拿着猎枪朝汉克开了几枪，然后被追着飞快地跑了差不多十里路，恨不得能有架飞机帮他逃跑。

虽然汉克不太喜欢开枪发出的噪音，可它并没有生气，它并不是很在意被人射几枪。它只是叫了一声想表达下不满，结果前面的芬兰农民跑得更快了。

芬兰农民更不明白的是，为什么警察瑞恩先生接到电话后大

笑了起来。

不一会儿，汉克又跑进了萨克洛维奇太太的园子里，啃食刚发芽的玉米苗。萨克洛维奇太太赶忙拿围裙把它赶跑。在汉克看来，玉米苗是他吃过的最美味的草了。

有件事让汉克羞愧了好几天。那天，它在杂货店门口看见了一颗糖，一颗又大又好吃的糖。它用蹄子剥开糖纸开始舔食，直

到米尔纳先生跑出来骂它是头坏驼鹿。它吃的实际上是一麻袋重约一百斤的糖，是米尔纳先生准备卖给一位顾客的。汉克抱歉地叫了一声，伤心地离开了。它还没吃完那块糖呢。

树枝上渐渐冒出新芽，群山和沼泽都是一片嫩绿，冰雪也开始融化。汉克在马厩外待得越来越久，成天待在公园里或是城郊

吃草，但每天晚上它还是会回到属于它的围圈里睡觉。

这天晚上，它没有回来。它那阔大的鹿角变成了深灰色，还开始发痒。它想借助树和草地挠痒，结果在森林里越走越远。春天来了，它的老朋友们都在森林里愉快地生活着，吃着柔嫩的青草。

小男孩们等了一晚、两晚、三晚。

第四天，伊瓦尔、维诺和吉姆满怀期待地来到马厩，汉克却仍没有回来。

它走了！

“它丢下我们跑了！”伊瓦尔对吉姆说道，“你有机会把它变成你的驼鹿了。”

第九章　温暖的冬天

第二年的冬天是铁矿区最温暖的冬天。对于常年冬天零下三十多度，最冷时能达到零下五十多度的地区来说这个说法也许没有什么说服力。但这个冬天的确不一样，森林里有许多苔藓和树叶，小驼鹿们快乐而茁壮地成长着，许多年纪大的驼鹿早在前一年冬天极端严寒的天气里死去了。

拜罗拉城里的男孩们用打雪仗代替了滑雪。今年的雪太黏了，不适合滑雪，但却可以堆出宏伟的冰雪城堡，做出高质量的雪球。吉姆的一只眼睛就被雪球砸青了。

吉姆很适合当队长，他那一头红发让他成为了打雪仗时当仁不让的队长。每当他在碉堡后跳起，向敌方招手时，对方都会很明确地认出他就是带头的那个，然后将所有的雪球都砸向他，这样他队伍里的其他人就可以向前推进了。

这天他们战绩很不错，攻破了一个又一个堡垒，把萨里·卡克斯的队伍赶出了废土堆，最后萨里不得不放弃他手中的木剑，承认到下周六之前吉姆的队伍比自己的队伍强。取得胜利的吉姆一点儿也不在乎被打青的眼睛，他觉得看上去很好。打完雪仗后，

伊瓦尔、维诺，还有吉姆三个人往家里走去，走到了大街上。

“再见啦，伊瓦尔。”维诺像一年前一样说道，“我要在这儿拐弯了。”

“跟我一起去马厩吧，烤烤靴子，在干草堆上坐坐。”

维诺想了想说道：“好吧，我们可以商量一下下周六怎么修复我们的防御工事。”

说完他扔了个雪球，准确地砸中了公用电话的杆子：“真希望我砸中的是……”说着他用十分奇怪的眼神看着伊瓦尔，两个小男孩都觉得这个场景仿佛勾起了一段模糊的回忆。

“唉——”伊瓦尔慢慢地说道，“真想知道老汉克怎么样了。”

“唉——”维诺跟着说道，“真想知道老汉克怎么样了。”

“是啊。”吉姆回应道。

他们有些忧伤地拖着沉重的步子往马厩走去。

LIVERY STABLE

马厩门口站着一大帮人，伊瓦尔的父亲、奥拉夫森先生、伦恩先生，还有瑞恩先生都在其中。

“我的老天爷！我的老天爷！”伊瓦尔的父亲不住地说道。

但奥拉夫森先生只是笑着说道：“它知道哪儿的草长得最好。”来不及了解更多的情况，几个小男孩冲进了马厩。

“我的老天爷！”伊瓦尔的父亲仍在感叹，“我的马会怎么想啊？又要在这儿待一个冬天？”

但马厩里传出驼鹿响亮的蹄声和欢快的叫声。

“我的老天爷！”伊瓦尔的父亲又感叹了一句。

但马厩里传出的只有急促的脚步声以及男孩们持续不断的、有节奏的叫喊声……

“汉克！汉克！驼鹿汉克！”

谨以此书献给——

正在成长中的孩子们
守护一方山水的人们
爱并焦虑着的家长们